Adam Borzič:
Dějiny nitě / Die Geschichte des Fadens

Wien und Prag / Vídeň a Praha 2020
Kētos, Bd. / sv. 12
www.ketos.at

© Adam Borzič
Übersetzung / Překlad © Martina Lisa
Zeichnung *Kosmisches Ei* / Kresba *Kosmické vejce* © Karla Cikánová
© Kētos, Verein zur Unterstützung märchenhaften Theaters, Wien

Lektorat / Redakce: Anatol Vitouch, Ondřej Cikán
Satz und Umschlag / Sazba a obálka: Josefine Schlepitzka
Umschlagkonzept / Koncept obálky: Lukas Fuchs, LGBF
Schrift / Písmo: Athelas
Schrift auf dem Umschlag / Písmo na obálce: Alte Haas Grotesk Pro
Druck und Bindung / Sazba a tisk: PBTisk Příbram

Die Arbeit der Übersetzerin wurde gefördert vom Deutschen Übersetzerfonds.
Práce překladatelky byla podpořena Německým překladatelským fondem DÜF.

Gefördert durch das Kulturministerium der Tschechischen Republik.
Podpořeno Ministerstvem kultury České republiky.

1. Auflage / 1. vydání 1—700 Stk./ks.

Auslieferung weltweit außer CZ und SK: www.herold-va.de
Distribuce CZ a SK: www.kosmas.cz

ISBN 978-3-903124-14-1

ADAM BORZIČ

Dějiny nitě

přeložila Martina Lisa

Kētos, Vídeň a Praha 2020

ADAM BORZIČ
Die Geschichte des Fadens

übersetzt von Martina Lisa

Kētos, Wien und Prag 2020

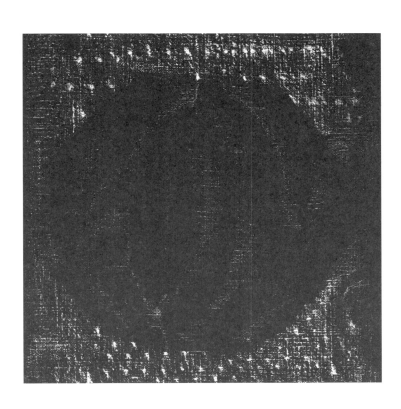

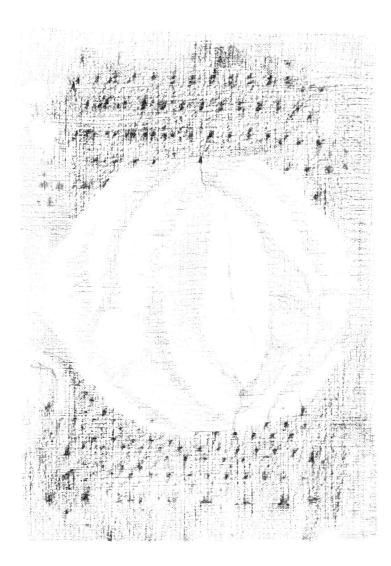

I.

Útesy nakousnutého jablka přímo před tebou,
člověče. A tys sobě moře, černota nezměrná.
Tvůj zrak zhasil maják, tvá víčka potemnila svět,
tvá spící tvář je váza, kterou na pohřeb veze
ve voze štíhlá ruka s paterem prstenů a tepanou
vosou na jednom z nich. Ty spíš, jako když noc
zbělá, jako když se propadne led a náhle ticho
přerve výkřik do takového patra zvuku,
že krev se nahrne vpřed a odemkne si sama
bránu k zásvětí. Ty spíš a před tvými rty
nakousléjablko se vznáší v oparu,
kolem něj prstenec snad Saturnův
a víření jedovatých bodlin, magnetické
kroužení. Ono je to čekání. Jako když čeká
dívka před muzeem, nemá žádný výraz,
ztratila ho s ranní kávou, zbytek vylila
do dřezu, naklonila se nad ním, jako kdyby
měla zvracet, ale neučinila tak. Nebo je to čekání
na náhorní plošině, vrt budoucí říše, klíčící, rašící,
nebo je to smích vchrstnutý na dno studny nedbale,
nebo je to zapomenuté gesto, které má vyplavat,
až vody opadnou a na špici zůstane ptačí trus.

I.

Die Klippen des angebissenen Apfels direkt vor dir,
du Mensch. Und du dir selbst das Meer, endloses Schwarz.
Dein Blick hat den Leuchtturm gelöscht, dein Augenlid die Welt,
dein schlafendes Antlitz ist eine Vase, zum Begräbnis im Wagen
geführt von schmaler Hand mit fünf Ringen und einer ziselierten
Wespe auf einem davon. Du schläfst, so wie die Nacht
weiß wird, so wie das Eis durchbricht und die Stille
plötzlich ein Schrei zerreißt zu dermaßen hohem Schall,
dass das Blut nach vorne rauscht und sich selbst das Tor
zur Hinterwelt entsperrt. Du schläfst, und es schwebt
der angebissene Apfel vor deinen Lippen im Dunst,
umgeben von einem Ring, vielleicht des Saturn,
und von Wirbeln giftiger Disteln, magnetischen
Kreisens. Das ist das Warten. Wie eine junge Frau
vor dem Museum wartet, ganz ohne Ausdruck,
den hat sie beim morgendlichen Kaffee verloren, den Rest
in die Spüle geleert, sich darüber gebeugt, als müsste
sie brechen, doch tat sie es nicht. Oder es ist ein Warten
auf Hochebenen, keimendes Bohrloch kommenden Reichs,
oder ein Lachen, lässig auf den Brunnengrund geklatscht,
oder eine vergessene Geste, die emportauchen soll,
wenn die Wasser weichen und auf der Spitze Vogelscheiße bleibt.

Nelze nakousnout a nezkousnout. Byla to zkušenost
nezkušeného spáče? Dítěte z alabastru chvíle? Není
minulost, je jen čirá přítomnost. To vědí plačky,
které zeleným větrům dělají doprovod. To vědí
ozvěny, kterým předehra není vhod. Kousni.
Kousni a kušuj! Mlč do vnitřností, do mléčných stěn
spirály. Je čas probudit zrcadlo. Setřeš prach,
jako když pohladíš struny naježeného ticha,
pomalu se obrátíš a vpluješ do sebe, bez sebe,
jen tak se odvinou dějiny nitě, jen tak se loutky
dají do pohybu a zjeví se pravdivá stínohra
čar, kabelů, pout a provazů, aby konečně
zazněla hudba, nikoli režisérova hlasu,
nýbrž oné hlubiny jediné hry.

Kein Anbeißen ohne Zubeißen. War es Erfahrung eines unerfahrenen
Schläfers? Kindes aus Alabaster des Augenblicks? Es gibt keine
Vergangenheit, nur reine Gegenwart. Das wissen Klageweiber,
die das Wehen grüner Winde geleiten. Das wissen Echos,
denen das Vorspiel gerade nicht passt. Beiß zu.
Beiß zu und kusch! Schweig ins Gedärm, in Milchwände
der Spirale. Es ist Zeit, den Spiegel zu wecken. Du wischst
den Staub, als strichest du über Saiten gesträubter Stille,
langsam drehst du dich um und gleitest, außer dir, in dich hinein,
nur so spult die Geschichte des Fadens sich ab, nur so kommen
Marionetten in Bewegung, erscheint das wahre Schattenspiel
von Strichen, Kabeln, Fesseln und Stricken, damit endlich
Musik ertönt, nicht die der Stimme eines Regisseurs,
sondern die jener Tiefe des einzigen Spiels.

II.

Dny a noci přichází z hlubiny vesmíru,
nikoli z ocelárny. Už nevědí: Na displejích
snad se ukazuje delfín jako smějící obluda,
ale smrt jeho milovaného druha, táhlý stesk,
podél pobřeží nezní. Nevědí, že druhý je první,
neslyší, jak moře vynáší na břeh těla
a pláče. Ráno kartáček opisuje křivku úst
a zrcadlo snímá pěnu a zářivku. Tak zrcadlo
je slepé jako ucho. A ucho nezrcadlí.
Jen perlí den do sebe zavinutý. Pod postelí
rytina s černým a bílým miminem. Jenže
černá je bílá a bílá černá, to vědí hadi na holi,
i ženy v šátcích na poli, dokonce i vlaštovky
písmen. To znají ti, které slast nebolí.

Kde je tvůj bratr? Kde máš bratra? V kasinu?
Na dvoře krmí slepice? A je s ním slunce
nebo noc? Počechrej trochu hlínu, prohrábni si vlasy,
vyztuž je, gel je na stole pod lampou. Zapři třeba sníh.
Co je ti do cizích veřejí! Ty veřejně vstáváš, sedíš, chodíš,
spíš a pořád spíš. Ty jsi spaní, které neodpovídá,
ty neslyšíš ani jednu otázku, ani jeden šepot,
ani jednu trhlinu, ani jeden vzlykot,
dokonce ani radost.

II.

Tage und Nächte kommen aus der Tiefe des Weltalls,
nicht des Stahlwerks. Sie wissen nicht mehr: Auf Displays
mag der Delphin sich als lachendes Ungeheuer zeigen,
aber der Tod seines geliebten Gefährten, hallende Sehnsucht,
hat an der Küste keinen Klang. Sie wissen nicht, dass der erste
der zweite ist, hören nicht, wie das Meer Körper anschwemmt
und weint. Morgens umschreibt die Zahnbürste die Mundkurve,
und der Spiegel fasst Schaum und Neonlicht. So ist der Spiegel
blind wie das Ohr. Und das Ohr spiegelt nicht.
Darin perlt nur der in sich gerollte Tag. Unterm Bett
eine Radierung, ein schwarzes und ein weißes Kind. Doch
Schwarz ist Weiß und Weiß Schwarz, das wissen Schlangen am Stab
und Frauen im Tuch auf den Feldern, und selbst die Schwalben
der Buchstaben. Das wissen alle, die Wonne nicht schmerzt.

Wo ist dein Bruder? Wo ist er geblieben? Im Kasino?
Füttert er Hühner im Hof? Und ist Sonne bei ihm
oder Nacht? Zaus ein wenig die Erde, pflüg dir ein bisschen das Haar,
bring es in Form, das Gel ist unter der Lampe. Leugne den Schnee nur.
Was gehen fremde Öfen dich an! Wo du öffentlich aufstehst, sitzt, gehst,
schläfst, immer nur schläfst. Du Schlaf, der keine Antwort gibt,
du hörst keine einzige Frage, kein einziges Flüstern,
keinen einzigen Spalt, keinen einzigen Schluchzer,
ja nicht einmal Freude.

III.

Zahání každý den exodus.
Žalují každý den exodus.
Nevidí exodus.
Někdo jim vnutil, že jsou sami.
Sami se jednoho dne probudili na planetě.

Přistihls je
při samomluvě, samohaně, samochvále.
Nakonec ten samožer se spoustou hlav,
hlávek zelných, stojí si v cestě,
mává vidlemi, palcátem, Smetanou,
zaklíná se svatými, a z prdele mu uniká plyn.

Přistihls je,
vypínají kozy, kojí o sto šest vlčata,
mění se v hordy morčat, prosí o klystýr,
sní o čistokrevném kraji, o makovém koláči
a krajáči mléka, o řekách piva a kančích hodech.

Strach z nich dělá zlé mravence.
Přistihl ses.

III.

Sie vertreiben täglich den Exodus.
Sie verklagen täglich den Exodus.
Sie sehen keinen Exodus.
Jemand redete ihnen ein, dass sie allein sind.
Eines Tages allein auf dem Planeten erwacht.

Du hast sie ertappt
bei Selbstgespräch, Selbsthass und Selbstlob.
Am Schluss steht der Selbstfraß mit so vielen Köpfen,
Kohlköpfen, sich selber im Weg,
wedelt mit Heugabel, Streitkolben,* SCHLAGOBERS**
beschwört die Heiligen, und seinem Arsch entweicht Gas.

Du hast sie ertappt,
breittittig stillen sie Wolfswelpen, was die Brust hergibt,
werden zu Horden von Meerschweinen, betteln um Einlauf,
träumen von reinem Blut im Land, von Mohngolatschen,
vollem Milchtopf, von strömendem Bier und Eberschmaus.

Angst macht sie zu zornigen Ameisen.
Du hast dich ertappt.

---

* Jan Žižka mit Kolben. | ** Bedřich Smetana (dt. „Sahne").

IV.

Chtěl bys stát na tom nádraží.
Ani nevíš, co bylo za měsíc, jestli říjen
střásal listy a troubil do říje
nebo listopad lezl do řitě.
Asi byl prosinec.
Během čekání na světlo
přijel prezident. Chtěl bys být
cigaretou na tom nádraží,
rozžhaveným oharkem
v ústech muže v bekovce.
Dokonce i holou lípou
bys v oné zimě byl,
mluvila anglicky, francouzsky, rusky
a přitom měla pořád vídeňský šarm.
Byl bys vzácným cukrem na patře.
Sněžným, něžným lvem.

Ryzí minulost. Mýtus vykousnutý z jablka,
vyšitý na ubruse, na němž leží dědova tabatěrka
a další kýče, které ti vhání do očí proudy vlhkého světla.
Dnes už je ta země zase vřed, ale toho Slováka,
který se zastal Žida proti národu
a rád poslouchal hlasitý dětský smích,
pořád miluješ.

IV.

Du wärst so gern auf diesem Bahnhof gewesen.
Weißt nicht einmal, welcher Monat damals war,
ob Oktober in Blättern tobend zur Brunftzeit röhrte,
oder November ins Arschloch kroch.
Wohl eher Dezember.
Während des Wartens aufs Licht
kam der Präsident an. Du wärst so gern
eine Zigarette auf diesem Bahnhof gewesen,
ein aufgeglühter Stummel im Mund
eines Mannes mit Schiebermütze.
Sogar eine kahle Linde wärst du
in jenem Winter gewesen,
sie sprach Englisch, Französisch, Russisch
und immer mit Wiener Charme.
Du wärst ein seltener Zucker am Gaumen.
Der schneeweiße, sanftschöne Löwe.

Reine Vergangenheit. Ein Mythos, dem Apfel ausgebissen,
ins Tischtuch gestickt, mit Großvaters Zigarettenetui darauf
und sonstigem Kitsch, der dir Lichtströme in die Augen treibt.
Heute ist das Land wieder ein Geschwür, aber diesen Slowaken,*
der dem Volk zum Trotz den Juden** verteidigte
und mit Freude lautes Kinderlachen hörte,
liebst du immer noch.

* T.G. Masaryk kam am 21.12. 1918 in Prag an. | ** Leopold Hilsner.

V.

Černá krychle v dlani, na něžně růžových
pahorcích oddychuje magnet světa. A náhle probuzen
šeptá: Shoďte koberce dolů, vodu dejte žíznivému,
kamenujte zlo, ne zlého, ovci přineste otci i matce,
kosti země, aby je vzali do teplých rukou a požehnali.
Skrytá je jen moje Tvář, kdo závoj odhalí,
ten spatří zářit svět. Probírám se smaragdy sfér,
žongluju jimi a s každým výdechem
strom střásá stín světla a pták obrovská ohnivá péra,
pramen zpod paty stromu proudí do mých rtů,
tak lačně polykám tu sladce dřevnatou vodu,
že zalykám se pak v malé svatyni nahoře:
tam silueta krásného mladíka obráceného k moři,
a dusot jízdy pod kopcem, slyším hudbu koní
a jsem s to konečně vyslovit: já,
v zádech mi vane *faná'* jako jarní vítr,
rozbíjí olovo na nebesích srdce
a odnáší prudce včerejší žal.

Obcházej Kaabu srdce,
jestli srdce máš.
Řekl jsem: „Najdu tě,
v tu chvíli, zemřu rád!"
„Nezemře," pravila,
„kdo zahlédne můj třpyt."

V.

Schwarzer Kubus auf der Hand, auf sanft rosa
Hügeln atmet der Magnet der Welt. Und plötzlich erweckt,
flüstert er: Werft die Teppiche herab, gebt Wasser dem Durstigen,
steinigt das Böse, nicht den Bösen, das Schaf bringt Vater und Mutter,
auf dass sie Knochen der Erde mit warmen Händen fassen und segnen.
Verborgen ist nur mein ANGESICHT, wer den Schleier hebt,
sieht Strahlen der Welt. Ich wende Smaragde der Sphären,
jongliere mit ihnen, und mit jedem Atemhauch
wirft ein Baum Schatten des Lichts ab, ein Vogel feurige Federn,
und die Quelle an der Baumferse strömt zu meinen Lippen,
so durstig trinke ich das süße, holzige Wasser,
dass ich mich dann verschlucke im kleinen Tempel oben:
die Silhouette des schönen, zum Meer gewandten Jünglings dort,
das Traben der Kavallerie im Tal, ich höre die Musik der Pferde,
und endlich gelingt es mir auszusprechen: ich,
in meinem Rücken bläst die *Fanā'* wie der Frühlingswind,
zerschlägt das Blei in den Himmeln des Herzens,
verweht mit einem Schlag das gestrige Leid.

Umrunde die Kaaba des Herzens,
sofern du ein Herz hast.
Ich sagte: „Ich werde dich finden,
in dem Augenblick, sterbe ich gern!"
„Es stirbt nicht", sprach sie
„wer meinen Glanz erblickt."

VI.

Nakláním se k slunci,
rozpouštím se v měsíci,
jsem cípem východní oblohy
namočeným v dlouhé řece,
mé slovo je prašná cesta:

Pojď tedy a vyslov
v meziprostoru své dlouhé a štíhlé prsty
(takové prý básník mít má),
protože nyní z tohoto mezi,
z této meze je třeba šít rychleji
potok i zpěv. Víš, že tomu tak
chce oheň nikoli rudě
apokalyptického úplňku,
ani doutnající hněv této dusné země,
jen čistý plamen – tančící kost,
to úplné zatmění zřetězených kol,
jas, z něhož obhlíží návrší i prohlubeň,
růži i věž tvé velkoryse žárlivé oko,
ryzí svit pouštní hvězdy, dunu úsvitu,
jejíž křivku napínáš, vedeš, trháš a zceluješ,
abys umořil hlad jazyka
svinutého do srdce. A zas jako plachta
mííříš do liturgických samot,
onoho moře druhých, hlasů z druhého břehu,
přítomnosti nejtěžší.

VI.

Ich lehne mich zur Sonne,
ich zergehe im Mondlicht,
als Zipfel östlichen Himmels,
getränkt in langem Flusslauf,
mein Wort ein unbefestigter Weg:

Komm also und sprich
im Zwischenraum deine langen, schlanken Finger aus
(die soll ein Dichter ja haben),
weil man heute aus diesem Zwischen,
aus diesem Zwiespalt schneller zu nähen hat:
Bachbett wie Gesang. Du weißt, dass es so
das Feuer verlangt, nicht das des roten
apokalyptischen Vollmonds,
nicht der glimmende Zorn dieses drückenden Landes,
nur die reine Flamme – ein tanzender Knochen,
diese völlige Verfinsterung verketteter Räder,
die Klarheit, von der aus zu Höhe und Senke,
Rose und Turm dein Auge in Großmut und Eifersucht blickt,
zum puren Licht des Wüstensterns, zur Düne der Dämmerung,
deren Kurve du spannst, führst, zerreißt und zusammenfügst,
um den Hunger der Zunge niederzuschinden,
der eingerollt im Herzen ruht. Und wieder wie ein Segel
steuerst du liturgische Einöden an,
jenes Meer der anderen, der Stimmen entfernterer Ufer,
schwerster Gegenwart.

Tak uprostřed tramvají a strašných zpráv
dovoláváš se čirosti kruhu, abys usídlil v sobě
ono vlastní mezi, přechod svítání do
krajního světla.

Und so, umringt von Straßenbahnen und Schreckensmeldungen, verlangst du nach der Vollkommenheit des Kreises, um in dir selbst das eigene Zwischen anzusiedeln, den Übergang vom Morgengrau zum äußersten Licht.

VII.

Ty dějiny jsou uvnitř!
Převrhneš víno na stole, zapálíš stoh papírů,
vycídíš mušketu – a jsou uvnitř.
Jako v cínovém talíři – v něm švec
s ohnivou myslí uzřel zářit signatury světa.
Teď to musíš vědět, i kdyby Evropa zhasínala,
teď vidět musíš za roh, za dva, projít očima
průčelí paláců, zamířit do středu, vstoupit plnou parou
(ach k tvým běžencům v páře, Petře, s rozechvělou něhou)
a nezalknout se úlekem.

Jak přesně nedůležitá jsou květinářství Evropy,
víš od jiného milovaného básníka jménem Petr.
Ovšem nedůležitá jsou dnes i shromáždění zástupců lidu…
Jen nevíš, jak moc přesná mohou být ve věku *réclame*,
a nedůležitá se zdají být i hlasování lidu, stačí být rodem
z jižnějšího hroznu. Sloupoví gigantické minulosti, bledé infantky
na obrazech v klášterních sálech, ani prach věčných měst –
tu nepomůžou. A nedůležité se zdají konečně být i osudy
lidí vystavených noci a dni, bez ochrany Nebe i Země.

Dějiny jsou uvnitř!
Proto zpíváš zevnitř – z hrany krystalu,
i když tvůj zpěv zní jako slonovinové káchá…

VII.

Die Geschichte ist drinnen!
Du leerst den Wein auf den Tisch, zündest den Papierstapel an,
bürstest die Muskete aus – die Geschichte ist drinnen.
Wie im Zinnteller – darin sah ein Schuhmacher
mit feurigem Geist das Licht der Signaturen der Welt.
Jetzt musst du es wissen, selbst wenn Europa gerade erlösche,
jetzt musst du um eine Ecke sehen, um zwei, mit dem Blick Portale
von Palästen durchschreiten, die Mitte ansteuern, eintreten mit Volldampf
(ach, zu deinen Flüchtlingen im Dampf, Peter,* in zärtlichem Beben)
und nicht vor Schreck ersticken.

Wie vollkommen belanglos Blumenläden in Europa sind,
das weißt du von einem anderen geliebten Dichter, auch einem Peter.**
Aber belanglos sind heute auch Versammlungen von Volksvertretern …
Nur weißt du nicht, wie vollkommen sie in Zeiten der *réclame* sein können,
auch Volksabstimmungen erscheinen belanglos, es reicht von südlicherer
Traube zu stammen. Säulengang gigantischer Vergangenheit, bleiche
Infantinnen auf Gemälden in Klosterhallen, auch der Staub ewiger Städte –
helfen hier nicht. Belanglos erscheinen schließlich auch die Schicksale
der Menschen, Nacht und Tag ausgesetzt, ohne Schutz von HIMMEL und ERDE.

Die Geschichte ist drinnen!
Und so singst du von innen heraus – von der Kristallkante,
obwohl dein Singen klingt wie ein elfenbeinernes Gach…

* Zeitgenössischer Dichter Petr Řehák. | ** Zeitgenössischer Dichter Petr Hruška.

VIII.

Je to boj.
Vysvléct Krista z bederní roušky církve.
Zaválo tě to až na poušť, abys neslyšel sirény kostelů.
Odebral ses raději do prostoru zpívajících písmen.
Napil ses ze studny černého slunce. Viděls květinu
ohně, jak se rodí z noci. A cítils jinou vodu,
pramen uhašení. Zanikl bys v záhybu
vlněného pláště, aby tě políbila Krása.
To všechno v zrnku písku.

A přece když zkoumáš,
proč zrcadlo otočils směrem k měsíční noci,
snášející vláhu rozkoše i milosti,
po pokusu potěžkat mandli,
z níž vyletěl pták a zastínil barvami
středoevropský podzim,
a když zkoumáš své pohyby
na osách planet,
doteky čela se zemí
prosté jako něha mladé matky,
nelze si nevšimnout
průsvitné tváře v pozadí.

VIII.

Es ist ein Kampf.
CHRISTUS den Lendenschurz der Kirche auszuziehen.
Es verwehte dich in die Wüste, damit du die Kirchensirenen nicht hörst.
Lieber begabst du dich in den Raum, wo singende Buchstaben wohnen.
Du trankst aus dem Brunnen schwarzer Sonnen. Du sahst die Blume
des Feuers, wie die Nacht sie gebiert. Und du spürtest anderes Wasser,
die Quelle des Löschens. Du gingest gern in der Falte
eines Wollmantels unter, für einen Kuss der SCHÖNHEIT.
All das in einem Sandkorn.

Und wenn du dennoch untersuchst,
warum du den Spiegel zur Mondnacht gedreht hast,
die das Nass der Wonne und der Barmherzigkeit bringt,
nach dem Versuch, das Gewicht der Mandel zu schätzen,
aus der ein Vogel herausflog, um den mitteleuropäischen Herbst
mit Farben zu beschatten,
wenn du deine Bewegungen untersuchst
auf den Achsen von Planeten,
die Berührungen der Stirn mit der Erde,
die schlicht sind wie die Zärtlichkeit einer jungen Mutter,
dann lässt sich im Hintergrund
das durchscheinende Gesicht nicht übersehen.

Kontempluj jeho Tvář jako dorůstající měsíc,
řekl ti v knize vytažené z koše na bulharském tržišti
vedle malého techno sound systemu ve stanu
muž s bílou bradou, v turbanu.
Kontempluj Uprchlíkovu cestu.

Kontempliere sein ANGESICHT wie den zunehmenden Mond,
sagte dir im Buch, das du am bulgarischen Markt aus einem Korb
neben dem Zelt mit dem kleinen Techno-Soundsystem gefischt hast,
ein Mann mit weißem Kinnbart und Turban.
Kontempliere des FLÜCHTLINGS Weg.

IX.

Často je Bůh líčen jako ďábel
a ďábel jako Bůh. To je starý šmodrchanec.
Starý je tikot hodin v tmavém předsálí světa,
a smích z kalné uličky, kudy se vrací opilci,
stará je ohnivá voda v hrdle mazaného Indiána,
starý je pach laciné kolínské na stehnu staré děvky,
starý je smích dvou chlapců, jejichž lesklá těla se propletla
                               v noci jako dva hadi.
Na starém kontinentě staré vyleštěné holínky Uher
pochodují ve snech na Brusel, aby nastolili prý křesťanské hodnoty.
A zrovna, když papež je ďábel – soucit totiž řídí jeho kroky,
po vzoru svého Mistra zahodil červené botky,
a teď je podezřelý ze spolčení s okružím temných sil
– komunismu.

Ach, Františku,
už zase podpíráš to padající zdivo kostela, už zase na zádech
neseš Jeho kříž, už zase ti preláti strojí úklady, sami nastrojení
coby nevěsty smrti, už zase tvůj Mistr je na útěku do Egypta,
už zase proroci zápasí s kněžstvem, už zase je Konec nablízku,
a tak nutně i Počátek –

IX.

Oft wird GOTT als der Teufel beschrieben.
und der Teufel als GOTT. Das ist ein altes Kuddelmuddel.
Alt ist das Ticken der Uhr im dunklen Vorsaal der Welt,
und das Gelächter aus der trüben Gasse, wo die Säufer heimgehen,
alt ist das Feuerwasser in der Kehle des gewitzten Indianers,
alt ist der Geruch billigen Kölnischwassers am Schenkel alter Huren,
alt ist das Gelächter zweier Knaben, deren glänzende Körper sich nachts
                                           wie zwei Schlangen verweben.
Auf dem alten Kontinent marschieren alte blank polierte Stiefel Ungarns
im Traum nach Brüssel, um angeblich christliche Werte einzusetzen.
Besonders, da der Papst der Teufel sei – denn Mitleid leitet seine Schritte,
nach dem Vorbild seines MEISTERS warf er die roten Schühchen weg,
und so wirft man ihm das Paktieren mit der Krause dunkler Kräfte vor
– des Kommunismus.

Ach, Franziskus,
schon wieder stützt du stürzende Kirchengemäuer, trägst du am Rücken
SEIN Kreuz, wieder schmieden Prälaten ihre Ränke, selbst umrankt mit Gold
wie Todesbräute, wieder ist dein MEISTER auf der Flucht nach Ägypten,
wieder ringen Propheten mit Priestern, schon wieder ist das ENDE nah,
und somit auch der ANFANG –

X.

Niť se odvíjí,
a je to jejich niť,
a je to tvoje niť…
Obtáčí se kolem stél,
jež vídáme jen za soumraku.
Obšívá zlomky. Z nich stvořený prach čte
náznaky nesmrtelnosti, hořké z povrchu mandle,
sladké z jádra.

Niť prošívá
kabát všednosti, a je-li podšívka zázračná
jako zvonivý smích v modrém oparu rána, musíš
studovat rub i líc
o to přesněji a hlouběji,
abys pochopil taj podzimní noci,
její opuštěnost, strach a vrženost.
Začínat u sebe a končit u sebe
značí smrti podepsat dobrovolně glejt,
přitakat vlastní sebevraždě
a myslet, že vývar z makovic
je nebeským mlékem.

X.

Der Faden spult sich ab,
und es ist deren Faden,
und es ist dein Faden...
Er windet sich um Stelen,
die man nur bei Dämmerung sieht,
umnäht Bruchstücke. Der daraus erschaffene Staub liest
Andeutungen der Unsterblichkeit, Bitterkeit aus der Mandelhaut,
Süße aus dem Kern.

Der Faden durchnäht
den Mantel des Alltags, und wenn das Innenfutter ein Wunder ist,
wie schallendes Lachen im blauen Morgendunst,
dann musst du Innen und Außen
umso gründlicher und tiefer studieren,
damit du das Mysterium einer Herbstnacht verstehst,
ihre Verlassenheit, Angst und Geworfenheit.
Ein Anfang bei sich selbst und ein Ende bei sich selbst
bedeutet dem Tod freiwillig den Geleitbrief zu unterzeichnen,
dem eigenen Selbstmord zuzustimmen
und den Trunk aus Mohnkapseln
für himmlische Milch zu halten.

Ale protože přijímáš
zákruty, které šije niť, jejíž pohyb tě chce uvést
do dějin života, musíš právě teď
smísit oheň i led a ještě dnes opustit
ve vlastním ono vlastní,
a v nevlastním zdomácnět.

Dějiny ti osvětluje
silueta dominikánského mnicha
našlapujícího pomalu a přesně
v temném borovém lese
středověkého pojmosloví.
Ve vracejících se ozvěnách slyšíš:
„Když se vrátím tam, odkud jsem vyšel,
kdo se mě zeptá, odkud jsem přišel."

Doch weil du empfängst,
was für Windungen der Faden näht, deren Bewegung dich
in die Geschichte des Lebens einführen will, musst du gerade jetzt
Feuer mit Eis vermengen und heute noch
im Eigenen jenes Eigene verlassen,
und im Uneigenen heimisch werden.

Die Geschichte beleuchtet dir
die Silhouette eines Dominikanermönchs,
der seine Schritte im dunklen Kiefernwald
mittelalterlicher Begrifflichkeit
mit Bedacht und langsam setzt.
Im wiederkehrenden Hall hörst du:
„Wenn ich dorthin zurückkehre, von wo ich ausgegangen,
wer fragt mich dann, woher ich gekommen bin."

XI.

Já je Druhý.
Buď ho probudíš, nebo spí jako zařezaný.
Dnes v noci byla mnou Marie Iljašenko,
pokračovali jsme v našem rozhovoru,
přeskakovali jsme kopce tak kulaté,
že je mohla vykroužit jen její báseň
pohádkovou tužkou,
ptal jsem se:
          Marie, když je v našich
básních tolik Pána-Boha – podívej, padá listí,
všude je tolik barevných listů –, jak to je
s tím ateismem? A není nakonec Bůh
pozemšťan? Nesní
každý básník svou svatou zem?
Ptal jsem se Osipa.

XI.

Ich ist ein ANDERER.
Entweder weckst du ihn, oder er schläft wie ein Stein.
Heute Nacht war ich Marie Iljašenko,*
wir führten unser Gespräch fort,
sprangen über so runde Hügel,
dass nur ihr Gedicht sie ausgezirkelt
haben konnte mit einem Märchenstift,
ich fragte:
        Marie, wenn unsere
Gedichte so voll vom HERR-GOTT sind – schau, Blätter fallen,
so viele bunte Blätter überall –, wie ist es denn
mit dem Atheismus? Und ist GOTT nicht doch
ein Erdling? Träumt nicht
jeder Dichter sein eigenes heiliges Land?
Ich fragte Osip.

---

* Zeitg. tsch. Dichterin, u.a. *Osip míří na jih* [*Osip strebt gen Süden*], Brünn 2015.

Řekl jsem už: dějiny jsou uvnitř.
V zástěře, v dílně, v montovně.
Na pláži, na hranici, v nádražní hale.
V kongresu, v senátu, u soudu.
V uchu, v nosu, pod víčkem.
Proto se ptej sám sebe,
proto se poznávej, se sebou mluv
a sobě domlouvej: Tam někde, ve sklepě,
v díře na zahradě, v koutě plném hraček,
tam někde je Druhý: zamčený, uzavřený,
ztuhlý, zmučený, zmrzlý.

I z posvátného hadíthu praví Apollón:
„Kdo pozná sám sebe, poznal svého Pána."

Ich sagte bereits: die Geschichte ist drinnen.
In der Schürze, in der Werkstatt, in der Bauhalle.
Am Strand, an der Grenze, am Bahnhof.
Im Kongress, im Senat, vor Gericht.
Im Ohr, in der Nase, unterm Lid.
Darum frage dich selbst,
darum lerne dich kennen, sprich mit dir
und rede dir selbst zu: Irgendwo da, im Keller,
im Gartenloch, in der Spielzeugecke,
irgendwo da ist der ANDERE: eingesperrt, verschlossen,
erstarrt, erledigt, erfroren.

Auch aus dem heiligen Hadith spricht Apoll:
„Wer sich selbst erkennt, hat seinen HERRN erkannt."

XII.

Řekls úřednici
na sociálce: Jsem básník.
Neúmyslná strategie zlidštění zabrala,
jakkoli stále opakovala: Je to vaše chyba,
vaše chyba, vaše chyba…
Květiny v kanceláři přestaly odvracet hlavy.
Nakonec zavzpomínala na Erbena ve škole.

Taková průsvitnost.
Uvědomil sis, že poezie v tobě chce život,
a chce ho tak moc, že ani stisknout býčí varlata
přímo pod rozpálenou asfaltovou klenbou noci
                                      nestačí.
A tak bys nejradši pohltil celé slunce
bílé jako zub, žluté jako štěk pekelného psa.
Nejradši bys nasedl na vlak.
A nejradši bys ten vlak slupnul jako malinu.

XII.

Du sagtest der Dame
am Sozialamt: Ich bin Dichter.
Die versehentliche Vermenschlichungsstrategie griff,
obwohl sie ständig wiederholte: Das ist Ihr Problem,
Ihr Problem, Ihr Problem...
Die Blumen im Büro verdrehten die Köpfe nicht mehr.
Schließlich erinnerte sie sich an Erben* aus der Schulzeit.

So eine Durchsichtigkeit.
Dir wurde klar, dass die Poesie in dir das Leben will,
und sie will es so sehr, dass selbst Stierhoden zu pressen
unterm aufgeheizten Asphaltgewölbe der Nacht
                                      nicht reicht.
Und so würdest du am liebsten die ganze Sonne verschlingen,
weiß wie ein Zahn, gelb wie das Bellen des Höllenhunds.
Am liebsten würdest du dich in den Zug setzen
und den Zug am liebsten wie eine Himbeere vernaschen.

---

* Balladendichter Karel Jaromír Erben, Schullektüre.

Život –
chvěje se na listech ve dvoře.
Letí jak o život na potlučených křídlech uprchlíkova
                                                          Snu.
Pusť ho po vodě a vrátí se ti jako svatební věneček.
Spusť se s ním do bažin a vylezeš jak křišťálový muž.
Tolik je v té touze, která si touží podmanit slovo.
V prvotním záškubu zaklínadla slyšíš dech.
Tolik ho je, že se ti chce hýkat jako zlatý osel
uprostřed shromáždění bohů,
když bílá půlnoc padá.

Das Leben –
es bebt auf den Blättern im Hof.
Es fliegt um sein Leben auf angeschlagenen Flügeln geflüchteten
                                                          TRAUMS.
Leg es in den Strom, und es kommt zurück als Hochzeitskranz.
Leg dich mit ihm in den Sumpf, und du wirst zum kristallenen Mann.
So viel ist in dieser Sehnsucht, die sich sehnt, das Wort zu unterwerfen.
In der Urzuckung einer Beschwörung hörst du den Atem.
So viel davon ist da, dass du brüllen willst wie der goldene Esel
inmitten der Götterversammlung,
wenn weiße Mitternacht fällt.

XIII.

Stále se ti vrací na mysl osel.
Ono velké hýkající Nic.
To jeho hřbet vezl Pána do Jeruzaléma,
to na něm se Syn Člověka kodrcal…
A vrací se ti na mysl oslík Césara Valleja,
tak něžný, když v básníkově uchu spásá
chudinskou trávu peruánské Paříže.
S oslem rád laškoval i Giordano Bruno,
zval ho na božské hostiny,
věděl, že Osel toť čirá šifra.
Oslíka miloval i otec Pachomij,
důvěrně s ním rozmlouval,
než si ho smrt rychle vzala a jeho knihovnu
prodali komunistickému poslanci,
kterého ani astronomický dluh nenaučil
soucitu s běženci.

Oslíku, bratře, tak mluvil světec z Assisi.
Existuje však důvodné podezření,
že mínil své postem zubožené tělo.
Oslíku, bratře, odpusť mi, prosil hořící Seraf.
Oslíku, bratře, chceš prosit za všechna
zubožená těla ty? Oslíku, který jsi Ničím
nauč nás Všemu nerozumět…

XIII.

Ständig kommt dir der Esel in den Sinn.
Jenes große brüllende NICHTS.
Sein Rücken trug den HERRN nach Jerusalem,
auf seinem Rücken ruckelte der MENSCHENSOHN...
Du erinnerst dich ständig des Esels von César Vallejo,
der so zärtlich ist, wenn er im Dichterohr
ärmliches Gras des peruanischen Paris abweidet.
Mit dem Esel schäkerte auch Giordano Bruno
und lud ihn zum Göttermahl ein,
denn er wusste, dass der ESEL reine Chiffre ist.
Auch Pater Pachomios* liebte den Esel,
plauderte vertraulich mit ihm,
bis er vom Tod plötzlich fortgerissen und seine Bibliothek
an einen kommunistischen Abgeordneten** verkauft wurde,
den selbst astronomische Schulden kein Mitleid
mit Flüchtlingen gelehrt hatten.

Eselchen, Bruder, sagte der Heilige von Assisi.
Doch liegt der begründete Verdacht nahe,
dass er seinen vom Fasten geschundenen Leib ansprach.
Eselchen, Bruder, verzeih mir, bat der brennende Seraph.
Eselchen, Bruder, willst denn du für alle geschundenen
Leiber Fürbitte sprechen? Eselchen, der du NICHTS bist,
lehre uns, ALLES nicht zu verstehen...

* Pachomij Padouk, tsch. orthodoxer Theologe. | ** Miloslav Ransdorf.

XIV.

Vymýšlíme si, kdo způsobil větší zločin.
Nemusí u toho být stoly plné mrtvol,
ani rozpárané vlajky a roztrhané mapy velmocí,
stačí drobná kuchyňská hádka, nůž rozkrojí lilek,
kráječ rodinnou krajku, prst rozřízne společný vzduch.
Tak stojíme proti sobě v aréně světa každý na svém.
Tys nikdy nechtěl psát krví básně, nepřitahovaly tě pistole, ani dýky.
Pokud násilí – tak jedině božské. Omamovalo tě jen něžné násilí
pupenů. Ale jak rád bys někdy v sobě rozpoutal džihád,
převrhnul vnitřní stoly a židle, zapálil niternou postel.
Už, už by tě přemohla vlna ničivého romantismu,
naštěstí ale z pouště slyšíš hlas Mistra:

Tvůj džihád budiž stovka zrcadel,
mezi nimi se procházej, je ostři a zkoumej.
Obtoč je přízí, která je popelem i krví nebes,
spoj je a přece rozliš, vybuduj město.
Zatanči si tango
s mužem v turbanu, vypij hořkou barvu
svítání. Není třeba se bát,
tvé slovo získá jas i směr. Tvůj hlas
protančí smrští střel. Uvidíš,
jak Noc porodí Sluneční mládě.
Budou ti dána léta.

XIV.

Stänken denken wir uns aus, wer das größere Verbrechen verübt hat.
Es müssen auch keine Tische voller Leichen dabei sein,
keine zerschlitzten Fahnen und zerrissenen Karten der Großmächte,
ein kleiner Küchenstreit genügt, das Messer zerteilt die Eierfrucht,
das Hackbeil Häkelspitze, der Finger zerschneidet Familienluft.
So stehen wir uns in der Arena Welt gegenüber, jeder auf seinem Punkt, .
Nie wolltest du mit Blut Gedichte schreiben, Pistolen, Dolche ließen dich
kalt.
Wenn Gewalt – dann göttliche. Es betörte dich nur die zärtliche Gewalt
der Knospen. Aber wie gern hättest du manchmal den Dschihad in dir
selbst,
du würdest innere Tische umwerfen und innerste Bett in Brand setzen.
Schon hat dich fast eine Welle zerstörerischer Romantik überrollt,
aber zum Glück hörst du aus der Wüste die Stimme des MEISTERS:

Dein Dschihad seien hundert Spiegel,
wandle dazwischen, schärfe, ergründe sie.
Umwind sie mit Garn, denn er ist des Himmels Asche und Blut,
verein und trenn sie dennoch, erbau eine Stadt.
Tanz ein wenig Tango
mit dem Mann im Turban, trink die bittere Farbe
des Morgengrauens. Du musst keine Angst haben,
denn dein Wort erhält Glanz und Richtung. Deine Stimme
durchtanzt den Orkan der Geschoße. Du wirst sehen,
wie die NACHT ein SONNENJUNGES gebiert.
Es werden dir Sommer gegeben.

XV.

To cvrček jménem Zlatý zvonek
ti tuhle otřepanou pravdu vyzvonil.
Nadechni se a vydechni. Vydechni všechna moře,
kterás kdy nasál, i vítr nad nimi neposedně hravý,
nadechni se každé touhy, a nedozvíš se nic o niti,
nebude-li rudá. Právě tě dojal stařec,
který se šťastně zamiloval do slepé dívky, a předtím voják,
kterého zabila šavle, nemohl už bojovat,
ženu, kterou miloval, si vzala smrt náhlá jako letní bouřka.
Opájíš se šestákovými láskami a je ti v dospělém světě stydno,
ale nemůžeš si pomoci, každý Madžnún a Lajla jsou tvými spojenci.
Každý dotek s Láskou tě vynáší do nebe,
každá porážka Lásky ti kope hrob.
Chceš mluvit tak prostě, aby ti dnes opravdu rozuměl každý.
Červeň vášně se ti krví rozlila, šíří se a je z ní veliká řeka,
na jejímž břehu stojí statný strom,
přes nebe se ženou mraky divoká prasata,
vodu čeří neklidní ptáci myšlenek. Po letech nejsi sám.
I tvoje láska přišla z temně mystické strany.
Každá láska je hříchem Boha.

XV.

Die Grille namens Goldglöckchen
läutete dir diese abgedroschene Wahrheit ein.
Atme ein und aus. Atme alle Meere aus,
die du je eingesaugt hast, auch ihren verspielten, hibbligen Wind,
atme jede Sehnsucht ein, und du erfährst nichts vom Faden,
sofern er nicht rot ist. Gerade hat dich ein Greis gerührt,
der sich glücklich in ein blindes Mädchen verliebte, zuvor ein Soldat,
vom Säbel getötet, kämpfen konnte er nicht mehr,
die Frau, die er liebte, riss der Tod wie ein Sommergewitter dahin.
Trunken von Liebe und Schund schämst du dich in der Erwachsenenwelt.
Es hilft nichts, jeder Madschnun und jede Laila sind deine Verbündeten.
Jede Berührung der LIEBE hebt dich in den Himmel,
jede Niederlage der LIEBE hebt dir das Grab aus.
Du willst so schlicht reden, dass dich heute wirklich jeder versteht.
Die Röte der Leidenschaft zerfloss dir im Blut, weitet sich zum Strom,
mit einem stattlichen Baum am Ufer,
am Himmel treiben Wildschweine durch die Wolken, unruhige
Gedankenvögel wirbeln das Wasser auf. Nach Jahren bist du nicht allein.
Auch deine Liebe kam aus der dunklen, mystischen Richtung.
Jede Liebe ist Sünde GOTTES.

XVI.

Nezamilovávej se do dalšího muže,
řekl ti do snu bůh. (Nebyl to Bůh,
ten nemluví.) Vždyť je už skoro starý
a vypadá jako (krásný) havran a miluje Ósaku,
mysli, co by z toho asi vzešlo? Šálek saké v rychlíku
a pak dopisy adresované noci? Mysli raději na starého kněze.
Na pozdvihování hostie a teplou skvrnu v hrudi. Mysli na to,
jak přijal ty Dva, s jak noblesní něhou ti dovolil milovat mladě.
Vůbec, nemysli na žádného starého muže v současném vtělení.
Mysli na těžké dveře, které ti ukázal soudce Ti,
mysli na C. G. Junga, když tesal Bollingen,
jak padal do košů na sny, potápěl se do gnostických moří
a vracel se domů promoklý na kost a Ema
nebo Toni ho pak balily do deky.
Mysli na kázeň a odvahu, protože doba je zlá
a tys čaroděj a lesů se už dnes nikdo nebojí.
Nevadí, že jsi básník. I ten může zmoudřet,
dokonce při zachování horkého zřídla lásky.
A mysli na Mistra, toto jsou jeho básně.
Daroval ti přízi a chce, abys tkal.
Proto pilně piš (o Japonsku jen tiše sni).

XVI.

Du sollst dich in keinen weiteren Mann verlieben,
sagte dir ein Gott im Traum. (Es war nicht GOTT,
der spricht nicht.) Er ist ja fast schon alt,
sieht einem (schönen) Raben gleich und liebt Osaka,
denk nach, was daraus wird? Ein Schälchen Sake im Schnellzug,
und dann Briefe an die Nacht? Denk lieber an den alten Priester.
Ans Heben der Hostie, den warmen Fleck in der Brust. Denk dran, wie er
die ZWEI aufnahm und dir mit nobler Zärtlichkeit erlaubte jung zu lieben.
Und überhaupt, denk an keinen Greis in gegenwärtiger Verkörperung.
Denk an die schwere Tür, die dir der Richter Di gezeigt,
denk an C. G. Jung, wie er Bollingen gezimmert hat,
in Körbe für Träume gefallen, in gnostische Meere getaucht,
und dann nach Hause gekehrt ist, auf die Knochen durchnässt, und Emma
oder Toni haben ihn dann in Decken gehüllt.
Denk an Ordnung und Mut, denn die Zeiten sind schlecht,
und du bist ein Zauberer, und vor Wäldern hat heute keiner mehr Angst.
Macht nichts, dass du ein Dichter bist. Auch der kann mal weise werden,
selbst wenn der heiße Quell der Liebe erhalten bleibt.
Und denk an den MEISTER, das hier sind seine Gedichte.
Er hat dir Garn geschenkt, und will, dass du webst.
Also fleißig schreiben (und von Japan nur leise träumen).

XVII.

Zpoza závoje jsi na mě hleděl,
nebo já spatřil
za závojem tvoji tvář?

Víš jistě:
Tomu dáš své tělo.
Ani pelichající přítomnosti tíže,
ani mučivému hlasu shůry,
jen svazku dechu a paty,
hořící růži z rány,
pestrému smíchu jednoty.

Ženci okamžiku
nemají mstivou míchu,
jejich soud nad přesypem historických vln,
jejich odhodlání k letu nad běsnícími roky
je jen prodloužením prvního božského výdechu.
Zbloudilým hromem v jarních horách.

XVII.

Du sahst mich durch den Schleier an,
oder erblickte ich
hinter dem Schleier dein Gesicht?

Du weißt es bestimmt:
Dem gibst du deinen Körper hin.
Weder der zerrupften Gegenwart der Schwere
noch der von oben quälenden Stimme,
nur dem Bund zwischen Atem und Ferse,
der Rose, die aus der Wunde brennt,
dem bunten Lachen der Einheit.

Die Schnitter des Augenblicks
haben keine rachsüchtige Ader,
ihr Urteil über der Dünung historischer Wellen,
ihr Entschluss zum Flug über wütende Jahre hinweg
ist nur eine Verlängerung des ersten göttlichen Hauchs.
Ein verirrter Donner im Frühlingsgebirge.

XVIII.

Mlčení předchází moudrosti... Odmlka
školí ducha v zralosti... A tohle ti vykecaly okurky
nebo švestky?

Dobře, mám dojem,
že jsem neuměl včas škrtnout sirkou.
A když se žárovka roztříštila na kusy –
zrovna v Paříži
(byl pátek 13.)
Islámský stát zmasakroval 130 lidí
na koncertě metalové skupiny –,
zůstal jsi duchem opodál,
protože jsi v sobě měl kokain,
a ten přehlušil všechen smutek,
a tak jsi vůbec nic nepsal
– dobře že tak.

XVIII.

Der Weisheit kommt Schweigen zuvor... Stille
schult den Geist in Reife... Und das hast du also von Gurken
oder von Zwetschken gehört?

Gut, ich glaube,
dass mein Streichholz einfach zu langsam war.
Und als es die Glühbirne in Stücke riss –
in Paris hatte gerade
(es war Freitag der 13.)
der Islamische Staat 130 Menschen
beim Konzert einer Metalband massakriert –,
bliebst du geistig abseits,
denn du warst voll mit Kokain,
und das übertönte jede Trauer,
und so hast du gar nichts geschrieben
– gut so.

XIX.

Evropu svírá ohnivý kruh,
píší v Guardianu.
Jak tě nečíst, Jeffersi!
Moje křehká víra v Boha-člověka
potřebuje pevnější zdivo:
kámen starý jak vesmír sám,
vlnu za vlnou, tančící oceán
a dravce letícího vysoko
                        nad svět.
Chci najít útěchu
ve verších, které jsi vytesal,
ve verších, v nichž lidské
je příliš mladé, a proto ještě lidské.
Utrmácelo mě zlo na sítích.
Ohnivý kruh má svůj vnitřní ekvivalent:
obruč, jejíž železný stisk vydávají
za bezpečí.

Proti démonům a jejich šalbám
zaklínám se teď tvými kameny.
Každý z nich házím do černých vod
nejtiššího oceánu.

XIX.

Ein Feuerring umklammert Europa,
schreibt der Guardian.
Wie soll man dich denn nicht lesen, Jeffers!
Mein zerbrechlicher Glaube an GOTT im Menschen
braucht festeres Mauerwerk:
Stein, der alt ist wie das Weltall selbst,
tanzenden Ozean, Welle um Welle
und einen Greifvogel, der hoch hinausfliegt
                              über die Welt.
Ich will Trost finden
in Versen, die du gemeißelt hast,
in Versen, wo das Menschliche
zu jung ist, und darum noch menschlich.
Das Böse im Netz hat mich ausgelaugt.
Der Feuerring hat sein inneres Äquivalent:
den Reifen, dessen eisernen Griff man
als Sicherheit ausgibt.

Gegen Dämonen und ihre Gaukeleien
beschwöre ich jetzt deine Steine.
Jeden davon werfe ich in die schwarzen Wasser
des stillsten Ozeans.

XX.

Čteš v listu, který v tobě
napsal romanopisec duše (byl to L. N. nebo J. N.?):
Mám dnes rozšířené vědomí jako tulák.
Těžké je zacelit střepy v jediný vinný list...
Utekl jsi rozumu i dogmatu
a teď ponechán s křišťálovou koulí a cikánskými
kartami, žiješ, abys zrcadlil vlny kosmu.
Zrcadlit je ovšem můžeš, jen když budeš jednoho srdce.
Jinak tvůj spor se strohou cestou bude čirý klam.
Růži labyrintu rozevře jen dech něhy.

A čteš dál:
Třeštící anděli, vzmuž se,
je třeba lanka, snad tenkého, leč pevného,
abys utáhl dům, loď, slunce. A komu se zdá,
že jsem ztracen v obrazech, nechť vzpomene,
že žijeme v zemi, kde si prezident kupuje
v řeznictví prasečí hlavu a z dětí uprchlíků
kuje živé štíty, aby nás uchránil
před soucitem.

XX.

Du liest den Brief, den der Romancier
der Seele in dir geschrieben hat (war es L. N. oder J. N.?):
Heute ist mein Bewusstsein erweitert wie das eines Streuners.
Schwer ist es, Scherben zu einer einzigen Kelter zu fügen…
Du entkamst dem Verstand und dem Dogma,
und nun, allein mit Kristallkugel und Zigeunerkarten,
lebst du, um die Wellen des Kosmos zu spiegeln.
Spiegeln kannst du sie aber nur, wenn du eins bleibst im Herzen.
Sonst wird deine Zwietracht mit dem kargen Weg reiner Trug.
Die Rose des Labyrinths öffnet nur der Atem der Zärtlichkeit.

Und du liest weiter:
Rasender Engel, ermanne dich,
es braucht eine Schnur, dünn vielleicht, aber fest,
damit du Haus, Schiff, Sonne zu ziehen vermagst. Und wer meint,
ich sei in Bildern verloren, der möge bedenken,
dass wir in einem Land leben, wo der Präsident beim
Fleischer einen Schweinskopf kauft und aus Flüchtlingskindern
lebende Schilde schmiedet, um uns zu schützen –
vor Mitleid.

***

Adam Borzič (*1978 v Praze) vystudoval teologii, pracuje jako psychoterapeut, překládá z angličtiny a je od roku 2013 šéfredaktorem literárního obtýdeníku *Tvar*. S Kamilem Bouškou a Petrem Řehákem založil v roce 2008 skupinu *Fantasía*. Byl nominován na cenu Magnesia Litera 2014.

Vydal následující básnické sbírky:
Fantasía (s Kamilem Bouškou a Petrem Řehákem), Praha 2008.
Rozevírání, Praha 2011.
Počasí v Evropě, Praha 2013.
Orfické linie, Praha 2015.
Západo-východní zrcadla, Praha 2018.
Dějiny nitě, Vídeň a Praha 2020.

***

Číslo VII tohoto svazku se vztahuje na báseň *Květinářství v Livornu* Petra Hrušky, která vyšla v němčině, na str. 133 knihy: Petr Hruška: *Irgendwohin nach Haus*, př. Martina Lisa a Kerstin Becker, Drážďany 2019.

***

Adam Borzič (*1978 in Prag) studierte Theologie, arbeitet als Psychotherapeut, übersetzt aus dem Englischen und ist seit 2013 Chefredakteur der alle zwei Wochen erscheinenden Literaturzeitschrift *Tvar*. Mit Kamil Bouška und Petr Řehák gründete er 2008 die Gruppe *Fantasía*. 2014 war er für den renommierten Literaturpreis Magnesia Litera nominiert.

Er veröffentlichte folgende Lyriksammlungen:
Fantasía (mit Kamil Bouška und Petr Řehák), Prag 2008.
Rozevírání [etwa *Eröffnen/Aufspannen*], Prag 2011.
Počasí v Evropě [*Wetter in Europa*], Prag 2013.
Orfické linie [*Orphische Linien*], Prag 2015.
Západo-východní zrcadla [*Westlich-östliche Spiegel*], Prag 2018.
Dějiny nitě [*Die Geschichte des Fadens*], Wien und Prag 2020.

***

Nr. VII des vorliegenden Bandes nimmt Bezug auf das Gedicht *Blumenladen in Livorno* von Petr Hruška, das auch auf Deutsch vorliegt, S. 133 in: Petr Hruška: *Irgendwohin nach Haus*, übers. von Martina Lisa u. Kerstin Becker, Dresden 2019.

Das Monster Kētos … / Příšera Kētos …

… vydává poetickou dobrodružnou prózu a dobrodružnou poezii.
… gibt poetische Abenteuerprosa und abenteuerliche Poesie heraus.
www.ketos.at

Publikace / Veröffentlichungen:
☞ Zeitgenössischische tschechische Dichtung / současná česká poezie.

Deutsch und Tschechisch | Česky a německy:
- ☞ 1: J. H. Krchovský: *Mumie na cestách | Mumie auf Reisen* (2018)
- ☞ 3: Zuzana Lazarová: *Železná košile | Das eiserne Hemd* (2018)
- 6: Karel Hynek Mácha: *Dopisy v ohni | Briefe im Feuer* (2019)
- 7: Otokar Březina: *Tajemné dálky | Geheimnisvolle Weiten* (2019)
- 8: Rainer Maria Rilke: *Cornet | Kornet* (2019)
- 10: August Vojtěch Nevšímal: 𝔗𝔬𝔩𝔩𝔢𝔫𝔣𝔢𝔦𝔫 (2020)
- 11: Karel Hynek Mácha: *Máj | Mai* (2020)
- ☞ 12: Adam Borzič: *Dějiny nitě | Die Geschichte des Fadens* (2020)
- ☞ 13: Ondřej Hložek: *Trautes Heim | Trautes Heim* (2020)
- 14: J. H. Krchovský: *Jakoby | Als ob* (2020)
- — v přípravě na rok 2020 | in Vorbereitung für 2020:
- • Vítězslav Nezval: *Sexuální nocturno | Sexuelles Nocturno*
- • Karel Hlaváček: *Pozdě k ránu | Spät am Morgen*
- • *Manifest Múzismu | Manifest des Musismus*

Nur Deutsch | Pouze německy:
- 2: Longos: *Daphnis und Chloë* (Altgriechisch | Deutsch, 2018)
- 4: Vítězslav Nezval: *Valerie und die Woche der Wunder* (2018)
- 5: Josef Váchal: *Der blutige Roman* (2019)
- 9: Wynfried Schecke zu Gülitz: 𝔐𝔞𝔯𝔤𝔬𝔱 — 𝔈𝔦𝔫 𝔊𝔬𝔪𝔞𝔫-𝔅𝔢𝔣𝔱𝔰𝔢𝔩𝔩𝔢𝔯 (2020)
- • Jana Krejcarová / Černá: *Totální touha | Totale Sehnsucht*

Pouze česky | Nur Tschechisch (2020 a v přípravě na rok 2020):
- ☞ 15: Ondřej Cikán: *Nejsladší potrava* (2020)
- • Ondřej Cikán: *Komentář k Váchalovu Krvavému románu*

Veritas vincit Omnia vincit Amor